时光扁舟

［韩］吴世荣 著
蔡美子 译

此书的出版承蒙韩国大山文化财团资金方面的鼎力相助，在此深表谢意。

中国书籍出版社
China Book Press

自 序

树木茁壮成长
意在仿效明媚的太阳。

那向阳性。

树木越发青翠
意在仿效苍穹。
弥漫在叶片上的
那眼神。

树木越发青翠
缘于
怀揣着苍穹的胸襟和天意
活近了漫漫长日。

2005 年

目录

001　第一辑　出嫁的山

002　树　一
004　树　二
007　树　三
010　领　悟
012　天　气
014　出嫁的山
016　晓　月
018　闪　电
020　朔　风
022　朔风声
024　阳光供养

026　春雨声
028　风　景
030　骄　阳
032　地　球
034　冬　山
036　春
038　骤　雨
040　虔　诚
042　霹　雳

045　　第二辑　犹如漂逝的木船

046　　春天里
048　　忍　冬
050　　竹　林
052　　画了又擦
054　　野　花
056　　悬　崖
058　　敌　意
060　　学　校
063　　偃　松
065　　春　雨
067　　海　啸
069　　春　困
071　　根
073　　灯　火
075　　星　座
077　　石　头
079　　失眠　二
081　　挖着土豆
083　　致女儿 ——记女儿出嫁

目录

085　第三辑　西域诗篇

086　在敦煌
088　在楼兰
──在乌鲁木齐博物馆看到了幼女的木乃伊
090　在吐鲁番
092　在民丰
094　在和田
096　在叶城
098　在喀什
100　戈壁荒漠　一
102　戈壁荒漠　二
104　戈壁荒漠　三

106	戈壁荒漠 四
108	戈壁荒漠 五
110	啊，塔克拉玛干 一
112	啊，塔克拉玛干 二
114	啊，塔克拉玛干 三
116	啊，塔克拉玛干 四
118	啊，塔克拉玛干 五
120	海市蜃楼
122	帕米尔高原

出嫁的山

第一辑
chapter 1

树 一

新年伊始

刚刚醒来

窗外树木

汁液

充盈的声音。

犹如姑娘已非少女

今日之树已非

昨日之树。

天亮了。

揽镜

自照吧。

犹如昨日之树非今日之树

彼处

望着你的另一个

你。

树 二

树木抽枝散叶
亦如是。

冬日的山,
去探寻幽深的溪谷吧。
树与树裸着身
交缠在一起。

铺着厚实的雪而卧
贴紧肌肤翻滚的裸木们,
冬季是树木之夜。

春季是它们的早晨。

洞房处处
传来
起床的树木们的咳嗽声
锵……
溪谷那冰块破裂的声音。

脱掉

秋天的敝衣

各自代之以

嫩绿新装的新娘

新晨

开启了窗户。

何时趁机

扒开冻土

尖尖萌出的树木

娇柔的嫩芽。

树 三

树木茁壮成长

意在仿效明媚的太阳。

那向阳性。

树木越发青翠

意在仿效苍穹。

弥漫在叶片上的

那眼神。

树木抱团和谐相处

意在仿效星辰。

即使在风雨飘摇的日子里

也相拥忍耐的那

温暖的怀抱。

树木湿漉漉地吮吸汁液
意在仿效银河。
一个生命流给另一个生命的
几滴水。

正如我离世的母亲所言
去往山上的路即是天路。

树木越发青翠
缘于
怀揣着苍穹的胸襟和天意
活近了漫漫长日。

领 悟

陷入寂灭了吗?
下了雪
整个银山化作铁壁
就算入了夜
连只山雀都不飞。
森林、山谷与峭壁那
沉重的静默

突然
满月卷云在他的窗口
探出皎洁的容颜
哦,
宏伟辉煌的华严境啊,
在某处
峭壁上一棵帅气的冷杉
扑棱棱
惊愕得奋力抖落雪丝。

天 气

在山的家族里

识字的唯有鸟。

晨空是早报,

轻落在树枝上阅读消息

叽叽喳喳忙着为山里传信。

那凶险的乌云是

战争消息,

那高高的白云是

人类纪录片,

那绚丽的彩虹是

演艺界报道。然而

今日头条绝对是政变。

轰隆隆!

霹雳震天。突然……

铺天盖地的

疾风骤雨。

出嫁的山

春季
雾霭缭绕是由于
出嫁的山
轻轻地
以面纱遮面。

夏季
下起阵雨是由于
入洞房前
山在裸浴。

秋季
凝露是由于
失贞的山
悄然
以袖拭泪。

冬季
结冰的湖面
悄然照山是由于
度过初夜的她
透过镜子默默
望着自己的裸体。

晓　月

出神凝视着

冻得透明的水面。

梭鱼群

在悠闲嬉戏着。

纵然啪嗒啪嗒走在上面

亦不知情。

瞬间

掠过后脑勺的动静，

朝上望了望。

在冻得发青的天上

半闭着眼的晓月

又在出神地

俯视着我。

闪 电

酷热难当时
地球也会偷个懒，
嫌偏离了黄道
耽于午觉
发出雷霆般的呵斥声，
啪啪
扇得精神一振的耳光声
潸然泪下。

能否安然走过？又是一年，
处处皆无又在处处的路。

朔　风

不能仅仅庇护。
欲养成凛然的巍巍青松
还须挨该挨的鞭子。
春天那可人的花瓣，
夏天那郁郁葱葱的绿荫，
每每只闻赞扬声，不觉间
歪斜伸展的枝杈。
毫不留情地抽打
到了冬天裸露的小腿。
狠毒的朔风
让整座山呜咽。

朔风声

母亲把织布机

藏在了山的何处?

整个秋天卷起羊毛云

冬天纺线的声音,

拽综杆的声音,

在悬崖晾晒了一阵

雪白冰瀑般的布匹

转眼到了春天

为赤裸的冬树

换上华服。

阳光供养

欲享受阳光供养

一拉开推拉门

或许是几时偷窥过我的房间

一只乌鸦敏捷地飞入

啄光

我稿纸格内的字。

走开,

你这乌鸦,恢儿恢儿

飞走的乌鸦

坐在光秃秃的稠李树梢望着远空

追赶的我

瘫坐在冻地上

望着光秃秃的树枝。

春雨声

是青纱灯笼?
整座山华灯初上。

木然的岩石
也热血沸腾的日子,

绣眼鸟忙着串门
走漏风声

而仿若
罗裙轻盈滑落

彻夜喁喁私语的闺房
春雨声。

风　景

哗啦啦

昏暗的天空大雨滂沱

霎时撑起的

街心广场的雨伞,

雨伞们……

黑的、白的、蓝的、红的。

曾因久旱而枯萎

重又盎然舒展的花坛的花瓣。

骄 阳

发自春天的驿站

途经夏天的驿站,朝着秋天的驿站

常规运行中,

也有开往时光的火车。

转眼间

穿过枫林尽染的田园

首尔,

驶入终点站的列车

霎时冲着广场

倾倒乘客。

秋日骄阳着实美轮美奂。

就要破裂的豆荚、一齐

弹出豆荚,

散落在草席上的

一粒粒绿豆粒儿。

地 球

天体的运行也会堵车吗?

地球是挂在天路上的红绿灯

到了春天变成绿灯,

星辰一齐动弹

到了秋天变成红灯,

星辰一齐停住。

此刻宇宙是冬天,在等待信号中

冻得发青的天路上

哎哟,

一颗流星

远远地滑坠。

那也不必着急。

因为宇宙的目的向来是重新出发。

冬　山

獐子、麋鹿、野猪、獾……
饥饿难耐地挣扎着。
有些家伙溜到民宅
落入陷阱
有些家伙在偷猎者的枪下
丧命。

银装素裹的冬山，
不知是谁的种
连幼崽都看不好的
白痴女人。

春

或许是对温度过敏
皮肤痒酥酥的地球
在这清晨
一齐爆出红疹。

浑身酸软。
松软无力坍塌的
山坡上的
土。

骤 雨

远处隐隐的炮声一止

前线暂时消停,

士兵们屏息一齐盯着敌阵。

瞬间

打破沉寂

灿然

火光冲天,

以闪电为号

枪口齐鸣。

哗啦啦

落到脚背上的枪弹。

激战结束占领敌阵后

雄赳赳气昂昂转战的

绿制服们

那一丝不乱的皮鞋踏步声。

虔　诚

从整个世界
冰封的冬日原野
茅屋烟囱袅袅升起的
炊烟。

用鼻子呼出温暖气息的
那活着的
虔诚啊。

霹雳

出什么事了?

寂静的天空突然

铺上了黑色的被子

整个世界震耳欲聋。

有人扑通躺下的声音、

咚咚跺脚的声音、

粗重喘息声和低弱的呻吟声、

终于按捺不住爆发的那深沉的惨叫声,

下了场骤雨

云散了。

住雨后绿油油冒出的生萝卜尖儿。

第二辑 犹如漂逝的木船

Chapter 2

春天里

冬去
春会来
无须有人指点,
春来
会散叶
无须有人指点,
散叶
会成荫
无须有人指点。

我自与你相遇
方知悲伤。
弥漫全身的这草绿,
绿得耀眼的春日那
花荫。

忍 冬

勿问，
何以苟活，
堂堂的唯有活着
这一事实，
明确的唯有屹立
本身，
苍穹下生比星辰更壮丽。
扎向冻土的根
吮吸他人之血
被暴风雪冻住的肉身
是用别人的体温捂热的
苦苦挨过的地狱的一季，
勿问，
何以苟活，
相信的唯有站在你面前
这一事实。

越黑暗越耀眼的生是
壮丽的。

竹 林

凯旋而归者

并非只来自远方。

看那竹林。

原地啪啪拍手而起的

摔跤场的汉子,

一边倒下反而获取的胜利

就在于此。

呼地

春风越海拂来

花儿的喝彩声哄然

而此处

越发青翠的力量的

沉寂,

凯旋而归者

并非单是越海驰来的春风。

看那竹林。

在自己的榻上

簇簇冒出的新春

竹笋的勃起。

画了又擦

枫林尽染的山，
茫然望着水面
真是幅镶在框中的画。

在白宣纸上泼洒嫩绿色成春，
叠加绿色成夏，
用红黄色颜料擦成秋，
但是啊，
着色太深画砸了。

着色太淡画砸了。
画中的她目视远方
而山靠得太近，
这次透视不宜又画砸了。

过之与不及、远和近
画了又擦擦了又画
整日挥动的笔

坐在湖畔
今日也端详着未完的画。

野花

青葱岁月那遥远的碧空
令人心潮澎湃
而今我生活之处的泥土的芬芳
令人沉醉不已。

那时在炫目的阳光下
未曾看见的野花啊

依稀惦念泥土的味道
缘于我的肉身化泥的日子将近,
痴恋野花是缘于
我的灵魂即将化作露珠。

悬　崖

看那苦恼的面容。

曾经

发亮的那额头,

仰望着蓝天

率领过花鸟丛林,

上下你梦的阁楼的

彩虹去了何方。

如今秋季冷幽,

天地间树叶萧瑟凌乱

溪水惆怅流淌

空余钻心的空洞、

席卷洞穴的风声,

爱情亦如是。

喜悦并非只是喜悦,

秋季冷幽

看见映着霞光的你那

凉额。

敌 意

去冬季的山就会明白
低低流淌的水也会
适时反抗。
再也不肯顺从，倒挂在
峭壁上的冰瀑。
水把寒光闪闪的利刃
伸向苍穹之颌。
在以严寒抽打的鞭前
任谁都冷冷冻结的心。

这世上
可没有
献身于憎恨的纯情。

学 校

春天的班级，
素描的手忙忙碌碌。
用木炭画了又擦……
不觉间校园内已浮现
一个世界的轮廓。
该是用笔尖一个个点醒
事物的时候了。
化开蓝色颜料成天空，
化开绿色颜料成山，
再化开黄色颜料成田野。

夏天的班级在上体育课，
世界是巨大的操场。
喧闹嘈杂
树林正在进行一场摔跤、
气喘吁吁
奔向大海的河水的跳跃、
角落里正上演着你追我赶的
野兽们的捉迷藏。

而后骤然而至的暴雨
那舒畅的淋浴。

秋天的班级在上阅读课。
到处是朗朗读书声。
草叶、树林、小溪
随性乘着萧瑟的秋风……
今天轮到纺织娘和蝉了。
故事的主人公是太阳和月亮,还有
跨过银河去往远方的星辰的
罗曼史。

冬天的班级正在考试,
再没什么可学的了。
整晚下了霰
世界化作一张雪白的白纸
在其空白处
写些什么呢?正犹豫间
哎呀,犹如芦苇叶
被北风吹走的
我的答卷。

偃松

即使在狂风肆虐的冬天

您的乳房也曾那么地

温暖。

犹如岩石抱养芝兰

雪地上一棵偃松

正抱着几只松鼠。

整座山因刺骨寒风瑟瑟

发抖

解衣的树

雪白地僵立着

而偃松敞开胸

把几颗松果

放进饥肠辘辘的松鼠的嘴里。

犹如岩石抱养芝兰。

春 雨

莫怪它是

花季

闲降的春雨。

爆开一朵滚烫火花的熔炉

为了下一步

到了凉凉冷却的时候,

烧热的熟铁

不也是淬火

才变得坚硬。

一整天

用凉凉春雨把自己浇透的

院中

一朵蔷薇。

海 啸

相爱时谁都是驯兽,
在月亮的怀里向来是
呼吸平稳的睡榻
是谁招惹了它。
一跃而起愤怒的大海,
呼吸变得急促。

瞬间,
颠覆潮汐的海岸线上
势不可挡地涌入的
风暴。

难道是因为夹在月球和地球之间的小行星?
爱情总会伴随着嫉妒。

春困

睡意慢慢袭来。
仿佛茫茫大海中
追逐着西行的月儿
漂逝的木船……

白日梦一醒
院中的花儿咯咯地笑起来，
老和尚
起身茫然望着春山。

根

别说是
一枝独秀的松树
那踏立的地下
却和其他树盘根错节着
一般而言
这世上并没有孤单的存在。

那漠然的岩底泉
不也从隐秘处涌出。

灯 火

果实累累的柿子，
到了秋天树木一齐
点亮了灯。
为照亮自己要走的路
有的在高高的枝头，
还有的在低矮的藤蔓下
纷纷提起
又红又绿的苹果灯、
又亮又黄的桔灯
……

看哪，树木不也是
为了夜晚要远行的落叶如此
预备灯火。

星　座

宇宙是

善与恶博弈的棋盘

龙虎相争

不知何时结束的一场交战，

神在天元下双关

恶魔就在花点打虎口。

那赤经和赤纬的交叉点上的棋

被称做北斗七星

而今哪个耳畔的房屋在无力倒塌？

从仙女座附近

呼啦啦坠落地上的

一丛流星。

但是神啊，

千万别出制胜一招

让棋局就此结束……

我们只是

凭夜空中一颗美丽的星

相信明天……

石 头

一边犁着地

一边把顶着耙的石头扔到堤上。

一无是处的东西

冰冷的无机物,

早在地球为创造的感动而战栗之日,

你一定也

沸腾为滚烫的火球吧。

而今因何怨恨

变得如此僵硬。

拒绝生命的黑色血块

变硬的火。

失眠　二

屋檐的檐溜声
宛如滴入脑髓的冰凉的生理盐水
惊愕跃起的心
拉开窗帘。
窗外无精打采地下着春雨。
要不要点灯迎接?
玻璃窗上有个东西在扇动着
微弱地颤抖着
染疾的意识将凉额贴在玻璃窗上
彻夜未眠。
住雨的清晨,
院落的红梅花绽开花瓣
而贴画般粘在玻璃窗上变成白色木乃伊的
一只蝴蝶。

挖着土豆

比起看得见的

看不见的现身是

多么灿烂的惊异。

阴历六月,择长昼的某天

一锄开田埂

哗啦啦倾泻而下的土豆、土豆

露出的茎叶

蔫得不堪入目

掩埋在土里的菁华

却结实而饱满。

羞怯得藏匿自我的谦逊

又怎能和

一年四季吊在虚空搔首弄姿的

沙果的虚荣

相提并论。

看不见的是看得见的母亲,

世上定会有看不见的另一半孤存

比起看得见的

看不见的现身是

多么美好的惊异。

致女儿

——记女儿出嫁

犹如被秋风

吹向空中的秃枝,爸爸

在哭泣,而女儿啊

你只是在漫不经心地挑着礼服。

这世上的一切

看来是为抓不住而哭泣。

河边芦苇是由于留不住流水,

坡上草叶是由于抓不住拂过的风

而哭泣。然而

不曾推开,它们又

怎能抵达得了大海?

被拴住的

没有不腐烂的。

竭力未被拔掉的萝卜

会烂在原地

而自行推开落地的果实

即使在冻土也会发芽。

在送你去孤寂地上之日,

爸爸忽听到

后院苹果树上

一颗熟苹果落地之声。

西域诗篇

第三辑

Chapter 3

在敦煌

沙漠是

在天与地

划了一道的白纸，

虽用蜡笔画上了

日与月

依然是尚未上色的木炭

素描。

唯有端详画板的

老神仙的眸子熠熠生辉。

在楼兰

——在乌鲁木齐博物馆看到了幼女的木乃伊

日升日落。

风起风息。

炎昼逝去，寒夜降临。

沙始终是沙。

日落日又升。

风息风又起。

寒夜逝去，炎昼复降临。

沙始终是沙。

沙漠是容不下死亡的土地

是谁挑了这种地方掩埋了肉身。

整齐的黑发、石榴粒般的皓齿、

面若桃花的俏颜，

我今日在楼兰的沙地上

看见两千年前的美人。

看见虚无的永恒。

在吐鲁番

日以日存在,月以月存在。

花儿

鸟儿

狐狸

蛇

……

概莫能外。

骆驼响着驼铃

只是踽踽而行

无人牵住。

没有守候的

即是沙漠。

在民丰

听说是粗糙荒凉的

塔克拉玛干沙漠

听说是贫瘠凄凉的

戈壁荒漠

而我却看见

在沙中绽放欢颜的那些花儿。

骆驼草、芨芨草、红柳……

有的

朝着遥远的地平线点起了灯

有的

冲着蓝色的星星眨起了眼

还有的

听到路过的驼铃声挥起了衣袖

我今日在塔克拉玛干沙漠

懂得了沙漠并非是沙漠,

我方明白

真正的沙漠

在于某个叫首尔的凄凉城市的

窄巷里

独酌的你的酒杯中、眼眸中。

在和田

那著名的昆仑玉

须在和田河畔找寻。

定要开采

在山上也并非寻不着

但用凿子和锤子雕琢的玉

又怎能比兀自发光的河床的那一块更美。

历经几千年

与发源于昆仑的河水一道

被水冲刷、被石研磨、被土拭净

方才流入和田河畔的玉。

人又何尝不是?

个性就是在孤独中、

品格就是在世间大河中造就的。 ①

---

① 引自歌德的箴言。——原作者注

在叶城

西域的绿洲是

漂浮在沙漠的白杨之岛、

驴的铃铛声

和烤羊肉的味道。

沿着高耸入云的白杨

排列成行的沙道

当啷当啷

驴儿忙忙碌碌拉着两轮马车。

西域的绿洲是

垂悬在沙漠的白杨绿荫、

驴叫声

和烤羊肉的味道。

在喀什

像蓝天般

眸子湛蓝的维吾尔女孩啊

也许是因为肌肤如雪

总觉得是忧伤的。

弯弯伸展的手

像是随风飘舞的石榴花瓣

旋转的腰肢像是摇曳生姿的

野生沙棘的花蕊。

正奏出的五弦琴的旋律

是爱的陡升曲调,

以穿过沙漠的骤雨的速度

两只脚飞快地踩着细碎的舞步

就算

我的目光与你相对

也勿回头。

该惭愧的倒是这罪孽深重的异教徒的心。

像蓝天般

眸子湛蓝的维吾尔女孩啊

香妃的女儿啊,

总觉得忧伤的

西域的色目女啊。

戈壁荒漠 一

几亿年前消逝的尸首

竟都聚集于此。

躯干也许被秃鹫群啄净

空余空荡的骸骨

散落在整个地平线。

炎炎烈日下

纹丝不动的那可怕的

沉默,

而到了晚上

一齐睁眼朝天

呼呼……

发出沙哑的呼啸声。

只被无尽的糙石砾石覆盖着的

啊,戈壁荒漠。

戈壁荒漠　二

待着。
只是待着。

看那沙子。
还不都是各自独立的整体
还不都是整体的独立个体。

草依着草的样子待着
石头依着石头的样子待着
……

待着。
只是待着。独自待着。

在沙漠就连骆驼都不叫

无人叫住的
即是沙漠。
那无任何名字的存在。

戈壁荒漠　三

像是抽泣。
像是讥笑。
微弱回响在
静得可怕的空间的
那呼啸声,
地平线是那么地遥不可及
是太阳在哭泣?
是晓月在发笑?
在沙丘上停住骆驼突然
回望。
芨芨草荫下腐烂的白骨,
空心的那一块胫骨
正随风无聊地哭泣。
被抛在凄凉宇宙中的
一支笛子。

戈壁荒漠 四

不过是在消遁

没有死亡的土地，沙漠是

风的海洋。

鱼贝类、海藻类……

饮水得活的

因水而死

但因风而生的碎石、沙子、岩石

还有在沙丘枯萎下去的灌木，

蝎子、响尾蛇和成吉思汗的军队……

饮风得活的

因为懂得生命是一缕风

不会死去

只会消遁。

飓风、旋风、龙卷风

风

风

沙漠是风的港口。

戈壁荒漠　五

我要是在此死去可如何是好?

——不能轮回为花

——不能重生为兽

我的灵魂

定会夜夜彷徨于荒漠的沙丘

被做成骨笛的白胫骨

能否吹得出呼呼的呼啸声?

被做成皮鼓的碎头盖骨

能否敲得出咚咚的鼓声?

走不尽的热沙之地,

不时映入眼帘的

只有泛白的尸骨碎片

此刻我要是在此死去可如何是好?

——轮回转世也已被中止

——复活升天也已被中止。

啊，塔克拉玛干 一

无尽地孤寂是唯一。

无尽地漫长是唯一。

无尽地存在是唯一。

无尽地孤单是唯一。

无尽的重复是唯一。

唯一即是沙漠。

啊，塔克拉玛干　二

看看沙丘的壮丽吧。

世上的曲线

都汇集于此。

有的画着蔷薇的花冠

有的画着鹿的眼神……

不忍在那纯然身姿上

留下脚印。

而壮丽常伴着

虎视耽耽的死亡陷阱。

起风了。

沙跃然而动。

曲线蠕动着勒紧套索。

一丛麻黄草在瑟瑟发抖。

啊,塔克拉玛干 三

沙漠是

不允许站立的土地

沙丘卧着、山脉卧着

地平线也远远地无力卧着

……

沙漠是

横卧的线,

白铃铛花躺着绽放

驼商躺在驼背上行走

哦,但是一刮风

沙漠也做垂直的梦。

像树木

像野兽

一齐矗立怒视苍穹的

那沙子的龙柱。

啊，塔克拉玛干　四

一只秃鹫盘旋在

风沙止息

笼罩在可怖寂寥中的苍穹。

你是要带走我灵魂的

天上的使者

伺我的死期悠然

追逐着影子。

我因从未给予过别人真爱

心脏染疾，

因从未有过正念

烂了肉

秃鹫啊，

索性把我的肉身

丢在这悲情的沙地上

让它变成白色的烛泪吧。

从而让那骨头

变成一支

放在某个神殿上

赞颂神的笛子吧。

啊,塔克拉玛干　五

被风袭卷蜿蜒的

大沙丘是

巨浪，

小沙丘是

涟漪，

追逐那遥远海岸线的灯光般的海市蜃楼

我在摇摇晃晃的驼背

晕船。

海市蜃楼

离得远才会来临，

离得远才会清晰，

离得远才会美好，

在走不尽的热沙的地平线

怀抱烈日翻滚的我的

爱。

帕米尔高原

翻过陡峭的岩石山雀尔达格

穿过燃烧的土地塔克拉玛干

登上冰山慕士塔格

终于我站在了帕米尔。

海拔 6500 英尺,从上面鸟瞰的世界

只有眩晕。

虽然眩晕、头痛和乏力

让高原的一夜苦不堪言

其实我是因晕船而受折磨。

啊,帕米尔

巨大的时光之湖。

在此坐上再也不能流淌的时光扁舟

我正凝望着荡漾的水面

所谓过去、现在、未来

简直是无稽之谈。

征服西域的高仙芝 ①

率领百万大军凯旋的古城,石头城

绽放在那废墟上的凤仙花瓣

令人辛酸啊。

---

① 高仙芝,唐朝著名军事将领,出身于将门之家,起初以将军在河西从军,后立军功,官至四镇十将、诸卫将军。唐玄宗时翻越帕米尔高原征服了西域。——译者注

图书在版编目（CIP）数据

时光扁舟/（韩）吴世荣著；蔡美子译.—北京：中国书籍出版社，2017.1
ISBN 978-7-5068-5870-0

Ⅰ.①时… Ⅱ.①吴… ②蔡… Ⅲ.①诗集—韩国—现代 Ⅳ.①I312.625

中国版本图书馆CIP数据核字（2017）第020380号

时光扁舟

（韩）吴世荣著；蔡美子译

策划编辑	安玉霞
责任编辑	王志刚
责任印制	孙马飞　马　芝
版式设计	中尚图
出版发行	中国书籍出版社
地　　址	北京市丰台区三路居路97号（邮编：100073）
电　　话	（010）52257143（总编室）（010）52257140（发行部）
电子邮箱	chinabp@vip.sina.com
经　　销	全国新华书店
印　　刷	北京市媛明印刷厂
开　　本	880毫米×1230毫米　1/32
字　　数	80千字
印　　张	4.25
版　　次	2017年1月第1版　2017年1月第1次印刷
书　　号	ISBN 978-7-5068-5870-0
定　　价	20.00元

版权所有　翻印必究